新时代诗库·第三辑

时间的证据

安 琪 著

中国言实出版社

图书在版编目（CIP）数据

时间的证据 / 安琪著 . -- 北京：中国言实出版社，
2024. 6. -- ISBN 978-7-5171-4844-9

Ⅰ. I227

中国国家版本馆 CIP 数据核字第 2024KH2783 号

时间的证据

责任编辑：王君宁　史会美
责任校对：王建玲

出版发行：中国言实出版社
　　　　　地　　址：北京市朝阳区北苑路180号加利大厦5号楼105室
　　　　　邮　　编：100101
　　　　　编辑部：北京市海淀区花园北路35号院9号楼302室
　　　　　邮　　编：100083
　　　　　电　　话：010-64924853（总编室）　010-64924716（发行部）
　　　　　网　　址：www.zgyscbs.cn　电子邮箱：zgyscbs@263.net

经　　销：新华书店
印　　刷：徐州绪权印刷有限公司
版　　次：2024年6月第1版　　2024年6月第1次印刷
规　　格：880毫米×1230毫米　1/32　6印张
字　　数：120千字

定　　价：58.00元
书　　号：ISBN 978-7-5171-4844-9

新 时 代 诗 库

安琪，本名黄江嫔，1969 年 2 月生，福建漳州人。中国作家协会会员、中国诗歌学会常务理事。"闽南师大诗群"成员。《诗刊》社"新世纪十佳青年女诗人"。主编有《中间代诗全集》（与远村、黄礼孩合作）、《北漂诗篇》（与师力斌合作）、《卧夫诗选》。出版有诗集《极地之境》《未完成》《你无法模仿我的生活》《暴雨和绵羊》及随笔集《女性主义者笔记》《人间书话》等多部。现居北京，中国诗歌学会新媒体部主任。

Anqi is the pen name of Huang Jiangpin, the author. She was born in Zhangzhou, Fujian in February, 1969. She is a member of China Writers Association, the executive director of Chinese Poetry Society, and a member of "Minnan Normal University Poetry Group".She has been recognized as one of the "Top Ten Young Female Poets of the New Century" by the *Poetry Magazine*. She also cooperated with many other poets and published collections including *Collection Poems of the Middle Generation* (with Yuancun and Huang Lihai) ,*Beipiao Poems* (with Shi Libin), and *Selected Poems of Wofu*. She has published many great collections of poems including *Polar Land, Unfinished, You Can't Imitate My Life, The Torrential Rain and the Sheep*, and collections of essays *Feminist Notes* and *Human Writings*. She currently lives in Beijing and is director of the New Media Department of the Poetry Institute of China.

序

让文物有人的温度

胡少卿

　　在拿到《时间的证据》的时候，刚好读完安琪的另一部诗集《暴雨和绵羊》。后者收入了安琪的游历诗，作品多以地名命名，是山水行旅中的所思所感。如果说《暴雨和绵羊》是在空间中展开世界的多样性，《时间的证据》则是在时间隧道里汲取古今对话的乐趣与张力。

　　收藏于各地博物馆的出土文物是时间结晶而成的秘密。近年随着中国传统文化热的兴起，博物馆、文物受到大众空前的关注，《国家宝藏》《我在故宫修文物》等视频节目，《年方六千》等文博普及类读物均广受欢迎。不过，用新诗的形式，为文物写一本诗集，就笔者目力所及，《时间的证据》乃是第一次的尝试。诗人进入文物的方式与考古学、历史学进入文物的方式有所不同，不是科学的、考证式的，而是非常的感性和个人化。她忽略了人们通常关注的，而关注了人们通常忽略的。她追求的不是确凿的知识、历史的真实，而是想象和感性的完美，如愿意相信覆叶琥珀是因秋叶而落的"老虎的眼泪"（《老虎的眼泪——题覆叶琥珀饰》）。在这本诗集中，安琪是一个文物的普通观众，也是一个心思细腻的诗人，还是一个充满悲悯之心的人文主义者。

周星驰的经典电影《大话西游》里有一个吸食人灵魂的妖怪，凑在睡着人的鼻子上吸一口气，该人就失去生命；安琪在《时间的证据》中做的是相反的工作：朝沉默的文物吹一口气，让它们有了活气，众声喧哗，言笑晏晏。作者将生活场景、内心活动加诸文物，让文物开口说话，使文物生动、舒展、和蔼可亲，犹如在开水中泡开茶叶，读者便可品尝文物蕴蓄的时间之味。作者以个人经验、个人视角来与文物对话，在延伸性想象中，体现的是现代人文价值观：对个体的尊重，对自由的向往，对日常生活的推崇，对历史中陈腐因素的唾弃。她对已跽坐两千多年的彩绘女俑说："你如此温柔、恬静，和我妹妹 / 没有什么两样，起来吧，你"（《起来吧——题彩绘跽坐女俑》）；看到尖底瓶则想象，为了避免尖底和井壁碰撞，"我需要制作这样一口水井 / 井壁上贴满了棉布：柔软 / 温存"（《撞——题尖底瓶》）。作者是站在今天俯瞰历史，充分利用了因为时间距离而具备的"后见之明"。她的思考无疑带有现实关怀。《制度——题彩绘天王俑》里写："恶如何除得尽？ / 应该有一种制度抑制 / 恶的产生，仅仅依靠 / 天王的拳头 / 是不行的。"

安琪的写作状态不免使人想起福楼拜的名言：艺术广大已极，足可占有一个人。多年来，她的生活重心一直在围绕诗歌旋转。《时间的证据》展示了一个成熟诗人的精准笔触。在《劲——题白玉龙纹杯》里，作者写："工匠太狠心并且手艺／也太高超了／他把龙固定在杯壁上的劲／远远大于龙游出杯壁的劲。"用这两种"劲"对比，妥帖地言说出了观众能感受到但却难以形容的对于雕刻工艺的赞叹。与以往居于主流的急促和沉痛的诗歌风格不同，本集中的诗歌风格出现了一些新变，可能和作者中年后心态的余裕有关。有许多对话富于戏剧性，有许多摹拟很幽默，有许多想象富于童趣，比如《啃》《馕》。文物的古老和诗人的天真之眼相映成趣——可不，在古老面前，人们很容易就变成孩子。

在长时段的诗歌写作中，安琪都展现出那种倾泻而下的诗才。她的诗中仿佛有一道从高空流泻的水流，给人滔滔不绝、银辉遍地之感。该怎么描述这样一种写作特征呢？在读完《时间的证据》之后我想，这大概可以归之于汉语中"赋"的传统。赋作为赋、比、兴三种艺术手法之首，在后世演化为"赋"这种文体，在古代中国长盛不衰。五四白话文运动之后赋体才渐被抛弃。但赋是汉语内在的一种能力和气质，总在召唤着它自己的继承人。赋是铺陈，是延展，是文气汹涌，是文字自我滚动的能力，也是气象与格局。我曾在王安忆小说中感受到这种"赋"的能力，现在我觉得，安琪诗歌，也体现了汉语"赋"的能力。

集中《咏鹅》一诗与骆宾王的同名作品对话，暗示了此诗集的渊源——《时间的证据》全书都可视为古典咏物诗传统的当代赓续。我曾有点偏执地认为，新诗很难写命题作文，倚马立就、即席赋诗是古典诗歌特有的能力，而新诗需要沉淀、需要迂回和取舍。安琪此前曾豪言：你给我写下三个字，我就能给你写出一首诗。《时间的证据》里的许多诗都是一日数首写成的，而又各有可取之处。安琪的这种写作方式让我之前的看法产生了动摇，如果有足够的才华，新诗或许也可以写命题作文，也可以倚马立就。

安琪曾经历激情喷涌的写作阶段，这个阶段和她的青春期重叠，也和她漂泊、动荡的生活现实相互映照，诗歌和人生呈现高度合一的关系。她在诗集《美学诊所》的后记中自述，生活稳定下来之后，她面临一个在"安宁心境下"如何继续写作的问题。《为白浮泉枯竭的水写一首诗》（2019年）里，她将白浮泉的枯竭与自己灵感的枯竭相类比，"同病相怜"。《石鼓，谈诗》（2022年）里，她写："而我已人到中年／而我已挥霍完属于我的那条／江／现在是我开始掘井的时候了。"探索新的人生境况之下的艺术表现方式，是安琪近年在写作上的核心关切。无论是天启般地进入绘画领域，还是有意大量写地理和文物诗，都是诗人施展创造力的新形式。地理和文物，都带有稳定性，根基深厚，安琪以澎湃诗才切入这些领域，有戴着锁链跳舞的味道。早年长诗写作是在文本中漂流，现在的短诗写作则是在稳定的存在物中挖掘。诗人摸索以新的方式压榨出自己多面的才华，她试图在平静的框架下容纳更深广的内容。

还是胡亮说得好："她最终必将以自己的摇曳生姿、变幻莫测，以艰难而永远的不成熟，给批评和批评家带来各种各样新颖的挑衅。"（《美学诊所》序，2017 年）打开这本书，去赏鉴诗人安琪的又一次艺术冲锋吧。

2024 年 2 月 21 日

胡少卿，对外经贸大学中文学院教授，公众号"胡少卿文学课"主持人。著有学术论著《驶向开阔的世界》等多部，诗集《微弱但不可摧毁的事物》。

目　录

CONTENTS

炯炯之眼
——题牡丹纹三彩鸡冠壶

把一只鸡关进一堆陶土里
这还不够，还要把陶土制成壶的模样
还要烧火、锻造，使之成型，使一只
鸡
永久地，居住在一把壶里。怕鸡寂寞
再安排两朵牡丹相伴，一朵陪着左翅
一朵陪着右翅
这还不够，还要为鸡真正点出一双
炯炯之眼，从辽代
看到今日

2022.5.10

时间
——题绿玻璃盖罐

时间并未吃掉盖罐的颜色
它依然发出绿幽幽的清光

最先注视它的工匠
把欣喜
和成就的快慰，留在了玻璃盖罐
的绿光上。然后是主人
玻璃盖罐的拥有者
他
或她爱不释手的把玩。最后
一些我们不知道的物品充满了它
大概率是吃的
小概率是用的
它们填饱了它的肚腹，绿玻璃盖罐
绿玻璃盖罐
当你从隋朝走到我面前
你知道你已走了 1441 年了吗？

2022.5.11

如何扛住风雨和时间的侵蚀
——题镶贝壳鎏金鹿

一枚贝壳

如何扛住风雨和时间的侵蚀

贝壳说：寻找一只鎏金鹿

说服它，让它矮下身子，爬上它的脊背

一寸一寸

镶入它的骨骼，成为它身体的一部分

成为一只鎏金鹿身体的一部分

在主人的桌案或书柜上蹲伏着

享受宠物一般的待遇

千年万年

鎏金鹿不死

我就不死

2022.5.11

3

手艺
——题绿釉厨师俑

他头戴圆帽

身穿斜领短衫，两袖高挽

屈膝而坐，身前放一短俎

持刀切肉，首都博物馆网站

如此介绍。我看到的他

脸往上仰，面露得色，这个厨师

要么手艺高超胜过解牛庖丁

要么一窍不通早晚切到自己

依我看

后者的可能更大

2022.5.13

药
——题青釉灌药器

兽医走的时候
特意带着青釉灌药器
地府里不会没有我的用武之地
兽医想
兽医生前曾用这把灌药器
救治过猪牛羊无数
阴间会有猪牛羊吗
目前我还在阳间
暂且不知道答案
比较纳闷的是，兽医
带走了灌药器，不知可曾
带足药?

2022.5.13

饮者
——题青釉羽觞

最初我设想
你是永和九年兰亭雅集
曲水流觞的那盏觞但这有点矫情
哪怕是真的
也没必要以此自傲，觞就是觞
就是一盏盛酒器，一盏文人可用
酒鬼亦可用的盛酒器
那一仰脖把酒灌到肚子的人
可以是王羲之
也可以是赌徒，或者，杀人犯

2022.5.13

水
——题錾花人物楼阁图八方盘

无须再装任何物件
盘，自身便已极满

最醒目的自是楼阁
它巍然矗立于盘中
成为盘的中心焦点

环绕楼阁的垂杨柳
柳枝婀娜如风吹拂

马蹄踢踏驮来远人
一二三四总二十一

他们将在这八方形的盘中住下
一住千年，附耳上去依旧可闻
他们或喝酒划拳、或吟诗唱和

潺潺流水啊穿梭于白玉石桥下
今日之水驱赶昨日之水，明日
之水驱赶今日之水……

2022.5.14

最美的青春
——题藏文荷花金圆牌

那一年我们暗中约会
来到浪花随生随死的海边
你拥着我
我拥着你
我们晃着身子，晃着身子
口中念念有词
一枚夕阳像藏文荷花金圆牌
缓缓落下，瞬间烧红了大海
夕阳的光
大海的火，都不曾伤害万物
犹如我们在最美的青春相逢

2022.5.14

问
——题镶金兽首玛瑙杯

草草埋入的珍宝

不曾毁于战火，寂静中的等待

迎来重见天日那日，完美呈现

晶莹瑰丽。仿佛龙头

又似首，口含黄金的神兽

你是

《旧唐书》所载的那只玛瑙杯吗

你目视前方

是否看到了今天？你高高竖起

的两耳，是否听到了时间的步履

匆匆？你盛过的酒，是杜康

还是老窖？你饮过的人，是李白

还是玉环？你喜欢

作为展品被保护还是喜欢作为器物

被使用？你沉默不语是因为

金口难开，还是因为，没有答案？

2022.5.15

活物和死物
——题石獾

一只青铜时代的石獾被供奉在
博物馆里，它右腿蜷曲，脚爪抓地
眼神茫然而颓废，一只青铜时代的
石獾和广袤大地奔跑的血肉之獾
有何不同——

前者接受时间的加持
后者败于时间的猎杀

前者本是死物，却比活物活得长久
后者本是活物，却比死物死得更快

2022.5.22

活着的意义
——题圭形特磬

一只圭形特磬

因缘际会，被挖掘出阴暗地府

重见天日，一只重见天日的磬

找不到它的小伙伴

找不到它的演奏者

满眼不认识的人和物，一只

回到人间的磬最想找到什么

它想到当初跟它合作的小槌

小槌小槌

没有你，我活了过来又有什么意义？

2022.5.22

心声
——题贾湖骨笛

钻探成功一管骨笛

需要多少只仙鹤丢下多少根骨头

先是一孔

钻裂了，水晶的钻头并不好使但

我们的先民不怕，究竟是谁给他

创造的灵感已无从考证

我相信有一个乐神存在

正是他神秘的赐予坚定先民锲而不舍

的勇气，一孔之后两孔三孔直至七孔

八孔，被乐神附体的先民

承担了

传递乐音到人世的指令，他制作

并吹奏出的乐曲时而欣喜

时而哀伤仿佛人类起伏的心事

时至今日

我们依旧用骨笛诉说我们的悲欢

2022.5.22

美
——题花树状金步摇

风中摇曳的美，不若
女主发髻间摇曳的美

现在不单女主不在
连燕国的风也不在

你安静立于博物馆橱窗里
风吹不进，围观你的我们
也喊不出你的摇曳

步摇步摇
一步一摇，如果不在美丽女主
的发髻上，你的摇曳之姿，等同于无

你的美，等同于无

2022.5.27

两相扑士
——题陶相扑俑

三角裤挂在圆鼓鼓
的肚皮下，两个相扑士，你瞪着
我，我瞪着你，摩拳擦掌，好像
就要扑向对方

但设计师
只给他们一个预备姿势，却不给
他们真正扑向对方的举动
于是我们看到的两相扑士
九百多年了
一直彼此瞪着，内心较劲
动作凝固

2022.5.30

像我这样的神兽
——题金怪兽

怪兽不怪
它只是野心比较大，想让
所有动物都长在自己身上：鹰嘴
鹿角、蝎尾、羊身，最神奇的是
它树枝形状的角，竟能栖落十六只
鸟！
它的蝎形尾也栖落一只
这么多鸟叽叽喳喳
就像一支乐队，它走到哪里
哪里便聚拢来一群人
从未见过这样的兽啊
他们说。当然
像我这样的神兽，岂是你们肉眼
凡胎，轻易可见？！

2022.5.30

丝
——题鎏金铜蚕

铜蚕还没有吐出一根丝
你守着它，从西汉至今
只要它还没死
只要你还活着
终会等到它吐丝的那天

2022.5.30

食
——题人面鱼纹盆

早夭的孩子
是被天神提前叫走的孩子
他还那么小，如何在死后
的世界生存
伤心的父母，火化了孩子
把孩子的骨殖放进瓮里
即将盖上的瓮盖
画满鱼、鱼、鱼
有两条鱼在孩子嘴上
有两条鱼在孩子双耳
更多的鱼
游弋于想象之间，它们将被
瓮盖里的鱼产下的鱼卵孵出
无穷无尽
供孩子食用

2022.6.1

生在大唐
——题陶骑马俑

吸引我的

自然是马上的女子

若非大唐

哪个女子敢骑到马上、能骑到

马上？身为女子，我就想生在

大唐，不用裹脚

不用束腰，想胖就胖，不用减肥

想郊游就骑上银马

一路狂奔

让那个叫李治的，在后面紧追

2022.6.2

断尾
——题银虎

你是一只温柔的虎
我不怕你。你低垂着头
仿佛在嗅
自己的脚，如此低调的虎
为我仅见。你断了一半的
尾因何而断
是否曾经有更凶猛的对手
降伏了你于是你学会了安静
学会了埋头走路
不再
对着天空发出狂妄的啸叫

2022.6.2

贾谊补
——题青铜龙

断成八件的青铜

拼接成两条缠绕的龙，这还只是

完整的成品的四分之一，堪称恢宏

的青铜龙，系一件大型乐器的底座

或许是编钟

或许是早已失传的某物

贾谊《过秦论》言，始皇

灭六国后，收天下之兵，聚之咸阳

销锋镝

铸以为金人十二。"尚有零余部分

便铸成此青铜龙"

这是我补充写的。

2022.6.2

祭奠
——题牛尊

死者已死
并不能喝到你的酒，那又为何
要做出一根尖针状的出酒口

祭祀用的牛尊，特为死者而制
既然死者已喝不到酒，何妨就
祭献给大地
喝了酒的大地会不会沉醉
如果大地沉醉，是酣眠，还是
疯狂起舞？

倘是后者，我们称之为地震
倘是前者，我们称之为风调雨顺……

2022.6.6

少女
——题上林铜鉴

你来看我
便是让我看你，来呀，你
最美的你，最孤独的你，最
青春即逝的你
尚未绽开的花说谢就谢
这是过去年代的常事
西汉年间的女子
我见过你
见过你茫然的容颜
见过你思春的心绪
见过你被疾病折磨的苦楚
见过你早夭的无奈
那时的人啊
长寿太难，一点点小风寒
就能要了命
那时的命啊，太不经活
十六岁的少女尚未尝到爱情的

　　　甜
　　就被死亡拉进永远的黑

　　　　2022.6.6

等
——题原始瓷罐

有人用它装米
有人用它装水
有人用它腌制咸菜
有人用它收殓孩尸
谁也没规定
瓷罐要用来干什么
我看见你双手捧着一只瓷罐
小心翼翼
在西周的路口，等我
再等等啊
我就要起身，我就要
从今天起身

2022.6.7

秘密
——题陶壶

沉默的陶壶

诞生于西周所以知晓

西周的秘密，作为陪葬品

它深居地下几千年

所以知晓大地的秘密

它的同伴或者生前碎了

或者死后碎了只有它

依旧完好所以它知晓命运的秘密

它永远也不会开口一旦它开口

秘密便破了

2022.6.7

民族风
——题黄纱地印花敷彩丝绵袍

直裾，交领，右衽
印花敷彩纱袍面，素纱里，丝绵絮
如果不是挂在博物馆里，我会以为
是我家衣橱任意一件
这些年我着迷民族风衣裙，姐妹们
也着迷，每次诗会，女诗人合照
人人一袭民族风
中国女性穿起民族风都那般温存
柔美，仿佛汉朝、仿佛唐朝
这久远的年代
一直居住在我们的血液里

2022.6.22

花天酒地
——题兔尊

对于我这样崇尚简约的人
一只喝酒的器具也要坐在一只兔子
身上，这，实在有些不合适，这样
每当我喝酒，一仰脖，就感觉那只
兔子要蹿进我的喉咙
有一回我睁眼灌酒
冷不防
被兔子警觉的小眼睛吓了一跳
手一抖
酒器都掉了，洒了我一樽泸州老窖
兔子啊兔子
你又不能喝酒，干吗要蹲在酒具下
"我也想回到自然中，我也不想成天
看你们花天酒地，但那个工匠，那个
穷苦的工匠，安排我在这声色犬马之地
以满足他想象中的富贵"，兔子答曰。

2022.6.19

我想
——题立人铜灯

我不想
抱着我的灯站在博物馆里
供人参观，像一尊傻木偶

那些
被黑暗笼罩的心
才是我的理想地

2022.6.20

浇
——题兽目交连纹匜

我这一生
浇过批阅奏章皇帝的手
浇过运筹帷幄将帅的手
浇过侍弄禾苗农夫的手
浇过研墨诗写书生的手
浇过涂脂抹粉小姐的手
也浇过杀人越货强盗的手
我这一生浇过手无数
却没有一双手让我喜爱、心动

我是一只兽
长有一对兽眼，它只寻觅
它的同类

2022.6.20

迟迟未到的火
——题苣苣

以苇秆扎成的火炬
名之为苣苣，一把苣苣就是一座
烽火台，发现敌情，即点燃苣苣
又经济又有效的军事工具
使用于汉朝
汉匈百年战争究竟燃过多少苣苣
无人说得清，燃过的已成灰消失
在历史的天幕，未及点燃的苣苣
如今还在甘肃博物馆——

一把迟迟未到的火
让它活了两千多年

2022.7.7

不理解
——题乳钉纹簋

语词也不能穷尽

一切事物的本质譬如钉

乳钉的钉，乳房一样的钉子

紧紧咬住此簋的外壁

它们均匀分布

按照设计师的设计程序

名为钉的它们并不锋利

也不扎人

它们温驯地贴服在此簋的外壁

作为装饰它们有些奢侈

我其实并不能理解

何以一只装食物的器具

也要整得如此复杂、莫名其妙

2022.6.20

乾隆诗
——题玉刻诗大盘

筷子伸进盘里时
夹出来的也许会是一个字
把诗刻在盘里的人准这么
谋划
他希望你不是只盯着食物
你的眼里除了有物质
还应有精神
可惜雕刻的人只知皇帝
乾隆，不知诗仙李白
诗圣杜甫
如果他雕刻的是李杜而非
乾隆，他的盘一定卖价更高
这是自然的

2022.6.8

悲愤
——题长信宫灯

我面容平静
你看不出我的悲喜
其实我满怀悲愤，如你
所知，我的腹内郁积的
油烟足以毁坏我的肺腑
我这样跪着也有两千年
你们就不体谅我腿麻
手酸？我很怀念地下
的日子，那时我仰卧
于大地，天天都能休息
现在我被重新拉回人世
继续跪着
我有一个不解——

你们已经有电了
为何还让我举灯

2022.6.8

咏鹅
——题青铜鹅

一觉醒来
青铜鹅还在电脑空白
的纸页上，青铜鹅啊
我不是骆宾王，不能
为你
写一首流芳千古诗

2022.6.9

我是谁
——题四神规矩纹铜镜

照君子时
我是君子。照小人时
我是小人。照皇帝时
我是皇帝。照太监时
我是太监……他们说我叫
四神规矩纹铜镜
我却一直在问
我是谁?

2022.6.9

胖姑娘
——题三彩梳妆女坐俑

胖姑娘就该去唐朝

她们丰腴、自信，不用为

减肥烦恼。在我们面前

瘦子就该自卑

就该站着端茶送水

而我们只管坐着

分开双膝坐

跷着二郎腿坐

怎么自在怎么来，因为

我们是生活在唐朝的胖姑娘

享有被人夸赞

爱慕的自由，对那些

以瘦为美的朝代

我们表示很鄙视

2022.6.9

所有人
——题陶骑马乐俑

如今只剩我一人
孤零零吹着号角
伙伴们都已扛不住黑暗世界
的摧残，陆续萎靡于地不复
生前形状
因为我是吹号手，我懂得
号角的力量，我只吹给自己
听
告诉自己，鼓足勇气，等着
重见天日那刻
我的伙伴们，我终于等到了
现在我一人孤零零地
吹
我一人就是一支乐队
我一人就是你们所有人

2022.6.10

到墨玉中去
——题墨玉衔莲鳜鱼

一朵莲

如何才能不谢？一尾鱼

如何才能不死？到墨玉中去

到墨玉中去

安静地，就待在墨玉中

手握工具的匠人

请帮我们砸开墨玉的门

我一路清香

我一路游荡。我们

来了

2022.6.10

劲
——题白玉龙纹杯

水注进来时
杯壁上的龙很是欢腾
它奋力挣扎
想游出杯壁
但工匠太狠心并且手艺
也太高超了
他把龙固定在杯壁上的劲
远远大于龙游出杯壁的劲

2022.6.10

撞
——题尖底瓶

他们都说尖底瓶是为了
便于取水，把瓶子放进井里
因为尖底，重心不稳，瓶子
倾侧，汲水，水满，瓶正
取水者便把瓶子拉出井
瓶边两耳
便是捆绑瓶子用
我一直想的是
在拉瓶子出井口的过程中
瓶子要是撞到井壁怎么办
为了承接这样一只尖底瓶
我需要制作这样一口水井
井壁上贴满了棉布：柔软
温存。

2022.6.11

不快活
——题豹纹瓦当

我是豹
我是豹呀，我是豹，我本该奔跑
在森林，追逐我想追逐的
躲避我想躲避的
可他们偏偏把我圈在一个瓦当里
偏偏把我放到屋顶上
我是豹，我是豹呀，我是豹
我在小小的瓦当里真不快活

2022.6.11

命运
——题唐鎏金铜铺首

铺首挂在门上
各有各的命运
有的挂在相府
有的挂在军营
只要有门，便有铺首
铺首有规格正如
人有等级、门有等级
所谓等级
铺首就是铺首
等级人定的
对它不存在

2022.6.11

战神
——题妇好鸮尊

夜晚不睡的神
眼神敏捷，它飞扑向物
的动作有如猫头鹰
绝不失手
年轻的女神亦是战神
她名妇好
乃武丁之妻，她
代夫征战，战无不胜
她爱鸮
这凶狠的禽似能佑她
杀敌凯旋
她是中国第一位女将军
三十三岁死
却活到现在

2022.6.12

空脸
——题木舞俑

脸就那么一点大
却要塞进两个眼睛、一个鼻子
一个嘴巴。有一回我画画
实在摆放不了脸上这些东西
于是只画出脸形
脸上空无一物。我暗自得意，以为
此乃吾独家发明。不料今日
在甘肃省博物馆
我看到一对跳舞的木俑，身穿长裙
手舞足蹈，两人脸上，空无一物

2022.7.8

意思一下
——题木牛车

完全做样子
把一辆两轮小木车
架在我背上，也无固定措施
便幻想我会拉着车走
我一走，车岂不掉了
木匠知道主人死了
骂不得他了
于是偷懒
把小木车架在我背上
意思一下，好像主人也有了一辆
木牛车

2022.7.9

神品
——题铜奔马

天马行于空中
必然会踏到风和流云，必然地
一只奔命于天空和大地的龙雀
也会被踏中
它顿感脊背刺痛时一只天马
的脚
携带整座天空的重量牢牢地
覆在它身上。雀的叫喊惊恐
疼痛；马的嘶鸣得意、豪迈
秘密由此泄露

尘世中人
都看到了空中的奇迹但留下证据
的唯有一人，他生于东汉，无有姓名
他设计铸造的神品，名铜奔马，又名

马踏龙雀

2022.7.9

挖
——题木羊群

一群羊
的理想去处自然是草地而非
坟墓，哪怕一群木头做的羊
也想去往草地，最不济
陆地也行，最最不济
羊圈也行。一群木头做的羊
无可奈何被赶入地底下陪伴
腐烂的死者
天可怜见
一把锄头发现了它们
一把锄头一锄下去，挖到了
坟墓，再继续下去，挖到了
它们……

2022.7.9

叮叮当当
——题金鑅

在我的耳朵上
曾经长有两只金鑅，我一走
它们就响，叮叮当当。葫芦
一样的金鑅是妈妈送我的礼物
她说
戴上它，就像带着妈妈的叮咛
叮叮当当……

2022.7.9

重见天日
——题铜独角兽

他们慌张的喘息
他们锄头砸向土地的噗噗声
他们越来越迫切的期盼越来
越近，越来越近……
但我不声张
我闭眼假寐，并且让又长又
尖又利的独角也假寐
我知道他们想干什么我也知道
我想干什么——

我想出去
我早已不耐阴暗的地府和恶臭
的尸体，来吧，快点来吧
我不会伤害你们，我不会
动用我又长又尖
又利的独角，我重见天日的一刻
就要到了！

2022.7.10

不在
——题浮雕人物石摇钱树座

摇钱树早已不知去向
许是被贪婪人拔走
许是生老病死枯萎
我们
却还牢牢把着它的底座
我们，东西南北四个方向
的人，何其可笑
何其荒唐
你伸手接钱接的却是空无
他翘首期盼盼的亦是虚幻
我们，死死守着
摇钱树的底座无管摇钱树
在，或不在。

2022.7.10

眼
——题玉眼盖

再名贵的玉
也无法替代一双眼，哪怕
这双眼高度近视，或远视
哪怕这双眼长成对眼
或斜眼
再不堪的眼也比最名贵的
玉名贵，这是我自己长出的
眼，这是父母给我的眼
请拿开覆盖我眼的两片玉
哪怕我已长眠于泥土之下
我依旧只要我自己的一双
眼

2022.7.10

艾特
——题谷纹玻璃璧

这谷纹
看上去像 @ 的反转，是的
每一粒谷
都艾特一个活生生的人
活命的口粮大于玻璃璧
的价值，当然作为礼器
璧
亦是求祈神赐谷予众生
从这个角度，璧、谷、@
三位一体，皆为人服务

2022.7.10

草
——题青白玉卧羊

永远温驯
不想反抗，哪怕面对杀你的屠刀
也只能凄凉惨叫，生而为羊
万般无奈，能欺负的只有草
草被命运死死摁在大地上
如果草有脚
一定跑得比你快

2022.7.11

石匠与母鸡
——题石孔雀

没见过孔雀的石匠
对着一只母鸡雕刻孔雀

石头是山里凿来的
母鸡是自家喂养的

呆头呆脑的母鸡
被按压着当模特，气鼓鼓

所以你见到的孔雀嘟噜着嘴
不痛快。没见过孔雀的石匠

也没见过孔雀开屏，他见到
鸡尾巴耷拉着，就让孔雀尾巴

也耷拉着了……

2022.6.13

有与没有
——题镂雕盘龙纹石砚

没有水，没有墨条

砚台就没有用，哪怕雕刻有

龙，哪怕龙再神异

也没有用。有水，有墨条

有砚台，没有笔，也没用

有水，有墨条，有砚台

有笔，没有纸，也没用

有水，有墨条，有砚台

有纸，没有书写的手，也没用

有水，有墨条，有砚台，有笔

有纸，有书写的手，文思不到

也没用

一篇文章的落地必须有水

有墨条，有砚台，有笔有纸

有书写的手，有文思——

这是天才少年王勃

告诉我的

2022.6.13

馕
——题胡人吃饼骑驼俑

再好脾气的骆驼如我
也受不了我背上这家伙，一路上
他吃呀吃，吃完一馕又一馕，他
太自我了！
全然不顾我的感情，我辛辛苦苦
驮着丝绸
驮着茶叶，恨不得把整个大唐
都驮往西域，他却只顾自己吃
啊吃！如果他悄悄吃也就罢了
如果他不吃这样喷喷香的馕也就
罢了！这不像话的高鼻深目家伙
竟把香喷喷的烤馕吃了一路
竟不让我哪怕尝一口
我琢磨着
登上沙漠之巅时假装摔倒，嗯
就这么定了！

2022.6.19

晚宴
——题刖人守囿车

车不大

车真的不大，你们就别上来了

公鸡站在车顶上大声嚷嚷

可是不成，猴子一忽悠，坐上了

车顶，鸟儿一叽喳，落到了车顶

狗熊摇摇晃晃

爬进了车座，两只小虎呼呼地

攀住了车沿

还有好多叫不出名字的怪兽

一二三四五，挤满了车顶

车不大，车真的不大

不大的车

挤一挤，还是能挤进二十多头动物

为什么这辆车这么吃香

因为它呀，要奔赴晋王盛大的晚宴！

2022.6.19

鸟的独白
——题商代豕形铜尊

我不理解
也不服气这只尊为何被命名为
豕形铜尊，不错，这头猪身形
威猛，两只獠牙还夸张地伸出
厚嘴唇
但那只是摆样，它已被驯服
已经没有脾气
没有个性，一天只知吃和睡
哼哼唧唧的猪又蠢又笨如果
我没有站在它的后背上指挥
它一准会跌到悬崖下
是的，这只尊应该命名鸟形尊

2022.6.24

长长的鼻子……
——题黄金面具

我一眼盯住

的是他长长的鼻子，和略显忧郁

的眼神，这不是莫蒂里安尼笔下

的人物吗？早夭的天才

意大利表现主义画家、雕塑家

为何与我们藏族先民画出一样

的面孔：长长的鼻子、忧郁

的眼神？资料说他

受到 19 世纪末期新印象派

非洲艺术、立体主义等流派的影响

我倒觉得他应该是

黄金面具制造者的转世

在 1884 年出生，凭借前世

的记忆画出了今世的作品：长长

的鼻子、忧郁的眼神……

2022.7.2

爷爷
——题金代铜坐龙

一眼即看到
它跷起的左足，作为一个
爱跷腿的人，这只龙使我
感到亲切
它像一个长者坐在地上
右腿撑地，坐姿优雅
这是我第一次看到坐龙
一只坐着的龙比一只飞翔
的龙更具人性
它就像我的爷爷在对我们
讲述家族掌故，老黄家的
孩子们，快快过来听讲

2022.9.11

十六件服装
——题金代齐国王墓丝织品服饰

这是一件女衣

搁在今天也能穿，我的衣橱

就有几件，款式大体相同。人还是

人，无论哪朝哪代，躯体变化不大

我不能明白的是

金代女子下葬时身着九层十六件服装

它们

究竟怎么穿上去？那年父亲故去

我为他穿鞋时父亲僵而沉

完全不配合。穿一双鞋就这般

艰难，穿十六件服装

难上加难十六次

2022.9.12

县令
——题《蚕织图》

艺术又一次被证明
大于生活，大于朝代，大于时间

以二十四节气为序绘制的《蚕织图》
——展现江浙一带蚕织户自"腊月浴蚕"
到"下机入箱"为止的养蚕
织帛的整个生产过程。作者楼璹
宋高宗时临安府于潜县令

从古至今
县令多矣，体察民情、亲手绘制
翁媪长幼七十四人养蚕织布全貌
而
名垂青史者
楼璹一人也！

2022.9.13

号
——题唐代渤海天门军之印

文章可以传递
的秘密印章亦可。发掘自黑龙江
宁安县渤海上京龙泉府遗址的一枚
印章，篆刻有"天门军之印"五个字
天门军是何机构？
史无可考，唐朝、辽金两朝，均无
此军。但为何我们要被"军"字捆绑
以为天门军必是军种之一？为何
我们不认为
天门军就是一个人的名字
此人相貌威武
身居要职。又或此人儒雅博学，精通
琴棋书画，自号或被誉天门军，隐其
名埋其字，唯以号存世……

2022.9.13

死亡与永生
——题披毛犀化石骨架

如果你还活着
我断然不敢走近你。现在我凑上去
闻你、摸你，惊诧你浑身骨头如石
自然决断的依据何在？
你的同类尸骨无存
你活了下来，以化石
的形式。现在你站在那里
又长又厚的毛早已不见唯有
肋骨根根分明，能腐烂的都
腐烂了。科学断定
你死于淤泥
你在河边饮水时陷进了大地
你永远不知道
大地用死亡让你永生

2022.9.13

永和九年
——题南宋《兰亭序》图卷

文人雅集
诗人幸会，饮酒赋诗，文采风流
这
现在我们也会，唯一遗憾的
没有一个王右军
现场挥毫泼墨，成《兰亭集序》一篇
此序三分才气、七分酒气，此序
字字精妙，如有神助。此序既以
文胜，更以书法胜，此序位列
天下行书第一
呜呼我辈，或诗文尚可，或书法
绝佳，却无一人，能书法善诗文
并有酒助力，成永和九年佳话

2022.9.14

委屈
——题三彩女骑马俑

我的表情有点沮丧
雕塑我的工匠手艺实在太差
我明明长得很好，眉眼清秀
体态轻盈，他偏偏把我塑得
臃肿、暗淡
我的马也不开心，本可媲美
昭陵六骏的它，被塑得萎靡
不振，我必须借你的手陈述
我和马的委屈
你看到的我，不是我
你看到的马，不是我的马

2022.7.11

时间的证据
——题鎏金铜梳

能梳断鎏金铜梳
的一定是时间而非头发，时间
无波无纹却很凶猛，它吞噬万物
的能量有鎏金铜梳为证。一把
断了几根齿的铜梳不出声地指控
时间的残忍，曾经被它梳过的头
早已腐成大地的一部分
它也是无情时间的证据

2022.7.12

不适合
——题镶宝石笠帽

丢三落四的人如我
不可以戴这顶帽，一顶镶着宝石
的笠帽，适合藏在家里、供奉在
博物馆里，一顶镶着宝石的笠帽
不适合户外、不适合大自然
不适合马背上奔跑的汉子、不适合
追赶猎物的雄心
一顶笠帽镶上宝石，宝石的意义其实
已经，大于笠帽

2022.7.12

少女
——题菱花织金锦抹胸

一件菱花织金锦抹胸
最初穿在一个少女身上，青春
的少女，青春的身体装在一件
菱花织金锦抹胸里，生命蓬勃
的少女，梦想蓬勃、爱情蓬勃
当她走进婚姻的屋里她依旧是
菱花织金锦抹胸最爱的少女
它呵护她的成长
成熟
呵护她完成母亲的身份诞下
鲜嫩的宝宝
当她最终了结尘世的一生回归
尘土，我们的菱花织金锦抹胸
无比伤感——

它此后的一生
陷落于对一具躯体的回忆……

2022.7.12

一定
——题绿松石项链

一定有一个少女
一粒一粒数过它绿色的光芒

一定有一粒绿松石爱上少女
的脖颈、少女芬芳的体息，爱上

少女的美、少女的感伤、少女的
青春烈焰。一定有一个日子少女

从婴儿的啼哭中长出母亲的双翼
我们的绿松石项链见证了这一切！

2022.7.13

饭碗
——题元代木屋

太神了
地面上的木屋早已被时间
和自然摧残殆尽，你从哪里找到
元代的木屋？我从坟墓里，从漳县
徐家坪汪世显家族坟墓里找到的
它由七间房组成，屋顶呈两面坡状
并以墨绘出宽条瓦楞
关于这座木屋，我无能讲述太多
我是一个外行，我所能知道的是
它是建筑界了解元代木屋的教材
它最初只想供死者居住
最后却成为生者的饭碗

2022.7.13

酷
——题彩绘木坐狗

语言无法描述
这只极度抽象的狗，毕加索来了
也只能叹服，一只汉代的狗，比
毕加索的公牛更写意，它由两块
木头构成
一块身（包含狗头）、一块尾
它表情倨傲似乎知道自己是
全天下最酷的狗，它翻着白眼
连雕刻它的匠帅也不放在眼里
一只狗从木头中被唤出来
除了火，它什么也不惧

2022.7.13

何必
——题石家河玉人像

嗯
很平常的一个人，算不得美男子
这世界哪有那么多美男子。眉毛
被省略，或曾经有过，经不住岁月
的消磨。眼睛倒是很大但各自向上
倾斜，因此显得诡异
一粒蒜头鼻立于脸部正中犹如
小肉山，一副不高兴的表情从
往下撇的嘴角显露出来——

我已退出人世隐到
清凉处，何必又把我扯回你们的
是非地？！

2022.8.8

距离
——为金代双鱼铜镜而作

我们的距离
从诞生在一面铜镜上就已注定

那个把你
把我，铭刻到铜镜上的人，我还记得

他专注的眼神、他精细的手法
他一生的努力就是要让我们永垂不朽

他一笔一笔
一个鳞片一个鳞片制造了我，他说去吧

男鱼，我会为你再制造一条女鱼。于是
你来了。那是多么美好的时光，太阳从

镜面上看见了他金光艳艳的脸
风在镜面上旋转、旋转，最美的芭蕾舞！

我想扑过去拥抱你
亲吻你，你妩媚的尾鳍那么动人地摇曳

感谢你啊匠人，知我寂寞
放了一条女鱼给我，放了你给我

但我徒劳的努力只是在我恒定的位置上
挣扎，我奋力地摆动自己但还是游不向你

亲爱的
我们都是被命运固定在铜镜上的鱼，铜镜

不熔化，我们不相拥！

2020.4.18

有色彩的生活
——题夏家店下层彩绘陶罐

他从哪里找到的这些线条
这些图案，不具象似某物，也不抽象全无解
是语言密电码吗？也许。
但究竟说了些什么？知晓此真意的同代人都
已死了，死于青铜时代，多么遥远又遥远的
往昔，燕山南北
内蒙古赤峰
一个名为夏家店的古老村落他是
这个村落的民间工艺家，他一生
的使命就是调制颜料
以便手执画笔为村民绘记下
有色彩的生活在他们排队等候的陶罐上
事情的经过就是这样。

2020.12.12

龙与帽子
——题戴帽子的 C 形龙

细长身子的帽子
身子实在太细长了，它是
制帽匠人不小心制造出的废品被丢弃
在赤峰红山某一间制帽厂的一角，它自卑
感伤
独自饮泣、想死的心都有了
有一条龙从神秘的地方飞来这不是一条
普通的龙
它有玉的躯体、爱的灵性，它穿云破雾
不眠不休而来，只为找到那顶帽子——

它绝非废品
它是这条 C 形龙最合适的帽子！

2020.12.12

有
——题黄玉斧

你有黄玉斧
我有白金钻，他有什么

他有铁榔头
他的铁榔头可以砸碎你的
黄玉斧、我的白金钻

快跑，黄玉斧
快跑，白金钻
铁榔头来了，铁榔头来了

你有黄玉斧
我有白金钻，终究敌不过
他有铁榔头

2020.12.12

关注
——题之字纹陶器

他们关注
研读陶器的之字纹理来自偶然落笔
还是有意为之，之，之乎者也的之
莫非来自兴隆洼文化
兴隆洼又是什么洼？他们试图从陶器
的纹理挖掘出一个远古远古的时代
我则更在意使用陶器的这家人他们
吃得饱
睡得好吗？他们是否安然度过他们
在尘世的一生，未被野兽吞食
也未被同类兵火扑灭
他们从陶器中舀米
或水，脸上是丰衣足食的平静和喜悦
一定是这样
因为我想这样……

2021.9.27

啃
——题锄形石器

太难了，石锄说
我啃不动你了，泥土。你我本是
同类，你为何要啃我？泥土说。
我也无奈
我在他们手里，他们挥舞我
砸向你，发誓要把谷粒种在你身上
他们让我们互相厮杀
只为喂饱他们自己，他们把我砸得
满口生疼，牙都掉了好几颗，他们
真狠
他们叫人！

2021.9.27

照过
——题黑釉瓷灯

照过梳妆的美人
她心里藏着一个人，用以托付终身

照过温课的书生
他眼中装着锦绣前程，只等进京赶考
一遂平生

照过牙牙学语的孩童
妈妈妈妈，现在是什么时代？金代。

照过老人临终绝望的挣扎
既然人终有一死，又为何要出生？！

照过夜晚漫长恐怖的黑暗
再漫长的夜晚也会过去，再恐怖的黑暗
也会被簇新面孔的太阳驱散

2022.5.10

你胜出
——题四山纹铜镜

谁曾经手持过你
看他的容颜？铜镜铜镜
你被无数人看过，却无能留住
任何一人
看过你的、被你看过的
如今安在

那称之为人的
造出了你却留不下自己
在时间无情的绞杀里，你胜出
他们失败

现在我在你面前
我看到的不是我
而是即将的亡灵
我会遇见那造你的看你的
人吗

在未来的某一天
在不属于你的另一个世界

若无人特意毁坏你
你将永生，在我曾经到过的
这一个世界，祝福你，铜镜！

2022.5.10

人与物
——题青铜爵

为什么你总是沉默
不肯告诉我你经历了什么

那制造你的人姓甚名谁
他的高矮胖瘦、喜怒哀乐，他
生于何年，殁于何日

那使用你的人他是在何种心境下
把酒，倒进你的肚腹，再一饮而尽
他的悲欢，他是群饮还是独酌
是武夫还是文士
是安然老死还是
意外身亡，是否像我一样在你面前
有过喃喃自语

唉，再长寿的物终归是物

它虽生犹死，倒不如那些经过你的

人，有血有肉，活过一生

2022.5.11

平民和贵族
——题原始青铜豆

勿望文生义
或以今度古，以为豆就是食物的豆
在我们古代，豆实为器物，用以装食物
当然也可以装你们今天的豆：食物的豆
器物豆装食物豆
古代和当代在一个字里交融，挺有意思
豆，有陶豆，有青瓷豆
在我们古代，平民用陶豆，贵族青铜豆
你问我陶豆还是青铜豆
我想说，有区别吗？平民在土里
贵族，也在土里

2022.5.11

怕
——题鎏金银覆面

为什么死后要戴面具
怕小鬼、怕阎罗、怕阴间一切

难道阳间就没有怕过
是啊，其实阳间更怕，怕饥饿、怕疾病
怕失业、怕空难、怕房东、怕暗箭更怕
绝望

那还要鎏金银覆面具吗
不要了，这虚幻的物件
并不能真正长我的脸，我若有脸

要它何用？我若无脸，要它
更无用！

2022.5.12

阳光照不到的所在
——题绿釉陶朱雀九支灯

九盏灯
集中在一柱枝干上有点浪费
尤其在阴森的地府，那么多人来到
此地，人生地不熟，他们摸索着起身
从棺椁里，他们要在这全然陌生的环境
重新开始他们的生命
给他们一盏灯吧，一人一盏，也可以
帮助到九人（能帮一人是一人）
在这阳光照不到的所在
灯
特别重要！

2022.5.13

殉葬
——题青釉狗圈

说它是狗圈

不如说它是一只碗，一只陶碗

碗不大，装一只小狗还是可以

狗刚出生

还有点萌，眼睛尚未睁开

这么小的狗也没妈妈陪同

就被主人带到地府

主人看起来很爱狗

可是主人啊

狗狗还小

刚刚出生，你把它带到地府你能养它吗

你自己都死了怎么养它

好端端一只狗狗

无辜地殉葬于你

真是太残忍了

2022.5.14

两个武士
——题彩绘陶武士俑

两个武士
挺着大肚腩，明显很久没操练

两个武士，穿着厚铠甲
束着宽腰带，一个持枪，一个拿剑

两个武士，一个低头沉思
一个仰天嬉笑，他们被安排护卫的人
躺在棺椁里，棺椁躺在泥土里

两个武士，盗墓贼打开泥土
打开棺椁，一眼看到的是他们，全然
无视，他们护卫的人，他们被裹进软布

一纵身，回到人世。

2022.5.14

爱美之人
——题黄昇墓

你父黄朴，福州状元
你夫赵与骏，太祖第十一世孙
你殁于
淳祐三年时方成婚一年
富贵家的女子却也命薄
无福消受荣华，想你生前定是
爱美之人，家人把一整座宋代
丝绸宝库，都陪葬予你
当后人从你墓中挖出广袖袍
百褶裙……一件一件技艺高超
的纺织品，让他们看到了
南宋时期
吾省丝织业的发达，你姓黄
名昇，我的老乡，我的本家

2022.5.15

破落皇子
——题鸳鸯莲瓣纹金碗

金碗并不使我感到富贵
反而想起一个俗语：捧着金碗讨饭

好像金碗天生就要跟讨饭搭配一起

一个词的发明
一句话的发明，往往大于可见的事物
它形成的惯性思维霸占着你视野所见
譬如此刻
当我在陕西历史博物馆看到这只金碗
破落皇子和他饥饿难耐的表情
浮现在眼前

    2022.5.15

神意
——题殷墟嵌绿松石甲骨

我曾去过殷墟在大雪之后
白茫茫的人间犹如史前，每一个踩上去
的脚印都是新的。白雪下面另有前朝事
依旧会有甲骨
和甲骨上的文字在等待着今人的挖掘
它们在地下已等得太久
每一片刻有文字的甲骨都承担着传承文明
的使命，相比于不曾刻有文字的甲骨
它们执着、骄傲
它们的背上，有着历史和上天的神意

2022.5.22

"宅兹中国"
——题何尊

倔强的文物
不让你写，一天一夜
一个字的灵感也不给
反复写出的句子反复删掉
若无它的许可
你写不好。世间万物
皆是如此
以为你在写它
其实它在写你。你沮丧
发狠，想跳过它但不甘，你已经
耗了一天一夜为何要空手而归？
又一次
你来到何尊面前，青面狰狞而美
宗室贵族的祭器，自有它的威严
考古考证
它的内胆底部有一篇铭文

一百二十二字，其中四字
最有分量：宅兹中国

2022.5.23

醉生梦死
——题莲鹤方壶

一只白鹤要飞多久
才能寻到一盏青铜方壶

一盏青铜方壶要修炼多少年
才能有一只白鹤展翅屹立其上

一群莲叶
不远万里，游水而来，只为一睹
白鹤仙容，白鹤呀白鹤

这青铜方壶尚好
这醉生梦死尚好

2022.5.24

它
——题鹰顶金冠饰

它站在王冠上
王冠站在王的头上

它本可以飞
却被固定在王的王冠上
一顶王冠
成为它一生的领域

王还在时
王冠跟着王驰骋，草原、大漠
它跟着王的王冠驰骋：草原
大漠

王还在时，王冠跟着王
鏖战，箭矢所向之处，不是羊
的血，就是人的血

王的王冠上，站立着它
有翅不能飞的鹰，有翅不能飞的鹰
还能叫鹰吗？

2022.5.26

土地：卫与厉
——题五祀卫鼎

卫

厉为国家修建水利征用了
你的五亩地你没有怨言，你的
条件是
赔偿你五亩地厉也答应了
但他没有兑现承诺
你迟迟等不来你的五亩地
于是你向有司上诉请他们
裁决
经调解、协商，厉答应
给你四亩地，虽然比你要求的
少了一亩但为了国家你也认了
（"四亩就四亩，总比一亩
也没有要好"，我替你内心独白）
君子一诺，驷马难追
我要把这件事刻印铸造在我的鼎上
卫站起来，朗声说道

101

他也是真怕了，他要请鼎来做证

厉，一言九鼎啊

你不能不给我四亩地！

以上内容来自五祀卫鼎

2022.5.28

大唐第一乐队
——题三彩骆驼载伎乐俑

您能体谅骆驼如我的艰辛吗

他们一个个爬上我的驼峰
一个手持笙，一个手持琵琶，一个
手持排箫，一个手持拍板，一个手持
箜篌，剩下两个一个持笛一个持箫
七个！他们以为我是一座剧场，扛得住
七个乐手，七个男乐手，我咬了咬牙
挺住！这个世界最伟大的骆驼
非我莫属

那就再来一个吧，乐手都齐了
怎能没有歌手。他们果然派来了一个
瞧我大唐女歌手丰腴、肥美，姿容有如
贵妃杨
她轻歌曼舞，所过之处，行人驻足
百鸟闭口，月亮躲进云层

花朵羞愧地合上花瓣

她是我大唐第一美女歌伎

我背负着这样一支伟大乐队，禁不住

仰天嘶鸣，内心激动！

2022.5.28

章怀太子
——题《马球图》

冤死的太子

更喜欢诗书，父亲李治称誉他

过目不忘，他的伴读伙伴王勃

即初唐四杰之一。容貌俊秀的

太子，注释有《后汉书》，也曾

代父监国，得朝野拥戴

姓李名贤的太子，一生最不幸的

是

拥有一个姓武名曌的母亲

此人野心勃勃，非同凡女

此人杀儿杀女杀孙杀孙女

毫不手软

可怜的太子，生来就是为了被杀

先是被诬陷谋逆、被流放

至巴州

后被赶尽杀绝，被赐自尽，写有一诗

以瓜自居，含泪奉劝母后，瓜有限

不要一摘再摘……
如此太子，其墓中有《马球图》
无诗和书

2022.5.29

我那把
——题鎏金鹦鹉纹提梁银罐

那一日我和金铃子闲逛丽江
满街都是
鎏金鹦鹉纹提梁银罐
她一把
又一把买，讨价还价，第一把
一百，第二把八十，第三把
五十，第四第五把，店家说
本钱给你，三十！
安琪你要吗她问
不要，我摇了摇头，我的那把
在陕西历史博物馆，虽然不若
你的光鲜，但也一样有神鸟鹦鹉
飞于花丛护卫壶身，有鱼子团团
喜气洋洋，你要是不相信
可以去看看

2022.5.29

流芳
——题《客使图》

秃顶
浓眉，深目，高鼻阔嘴的使者
来自东罗马。面庞丰润的使者
来自新罗国。头戴翻耳皮帽，身着
圆领黄袍的使者，莫辨国籍，他们
不远万里
来到大唐，三位鸿胪寺官员，气度
沉稳，雍容自如，他们温文尔雅，迎
三位贵客于章怀太子墓前
墓道一侧白灰水刷出一面洁白的墙壁
正等着他们六位
栖居其上
流芳千古

2022.5.29

舞
——题鎏金舞马衔杯纹银壶

会跳舞的马不多
会在一把银壶上跳舞的马就更少了
我
我们，就是这不多中的两匹，男马
我，女马她，相约来到一把银壶上
跳舞，奏起你的《倾杯乐》吧
我们已迫不及待
我们一身的好本事急需施展
在草原舞
在大漠舞，都不及我们
在银壶舞

2022.5.29

少年
——题皇后之玺

皇后带到地府的玉玺

又偷偷溜回人间，这枚玺

见过太多血腥：杖杀韩信

诛杀彭越，砍戚夫人四肢

聋戚夫人双耳、挖戚夫人

双目，毒哑戚夫人，抛

戚夫人于茅厕

称之为人彘

如此皇后，玉玺不想与之为伍

趁其死去无能为力之际

玉玺逃出地府，来到韩家湾

它在寻找一个单纯干净少年

现在

十三岁的孔忠良正一步一步走来

就是他了！

2022.5.30

斗茶
——题黑釉油滴碗

我还记得那日

环绕着我的那群人，赳赳武夫

谦谦君子，农人，商户，官吏

以及一阵

又一阵的气浪，正午的市井，人流

和车流构成的喧哗，环绕着我

人人手里拿着一饼茶

在我身上试验茶色、茶香和茶味

我是大口径黑釉油滴碗

往我身上放茶、浇滚滚

的热水吧，我不怕

我是专为大宋朝斗茶用的黑釉碗

碗面上油滴状的结晶

很难形成，这是我珍贵的原因之一

2022.5.30

历史意识
——题多友鼎

聪明的将领
不仅要会打仗，还要会记录
尤其在打完胜仗之后
如果没有文字，谁能证明你打过
胜仗？
你问我西周哪个将领最厉害我一定答
多友
他铸造的鼎通高 51.5 厘米，腹径
50 厘米，深 31 厘米，重 35 千克
其貌不扬却无比重要
它的内壁后方，铸有 22 行铭文
共计 279 个字，说的都是他如何带兵
打败猃狁的事

这个多友
真可称得上有历史意识！

2022.5.30

一半
——题错金杜虎符

我只有左半边身子
这是对的，我的右半边身子在杜地
但我不想找到它
我虽然是一只铜虎，也明白一个道理
兵者，国之大事
我的左半边和
我的右半边只要合为一体，便意味着
有战事发生，便意味着
将有兵士死去、人民流离失所
作为一个战争符号，我感到罪孽深重
我确曾与我的另一半一起
号令三军，流血漂橹
于是我带着我的这一半逃遁
此生此世
自绝于我的另一半

2022.5.30

最牛岳父
——题独孤信多面体煤精组印

十四方印章

代表了主人的十四种身份

如此多的印章不便于保管

不便于携带

聪明的主人用一枚煤精

把它们聚集在一起

二十六面体的煤精

十四面拿来做印章

走遍天下

就都不怕

主人独孤信

当然不止这十四个身份

他最显赫

也最传世的身份史称

最牛岳丈，七个女儿

三个嫁给了未来的皇帝

其中以独孤伽罗最著名

赫赫有名的妒妇
却也是辅佐夫君杨坚建立大隋
的能干的媳妇

2022.6.1

爱
——题铜方升

米可以量
谷可以量
甚至海水，也可以量
只有爱，不可量，即使拿来
国家一级文物铜方升
也量不了我对你的爱

2022.6.2

起来吧
——题彩绘跽坐女俑

主人早已被地虫啃啮一空
连骨头也不剩，唯你命长
依旧长跪，并挺直上身
一副恭敬姿势
手中的陶盆早已不知所终
你的手可以放下了
两千多年了
我都替你感到腰酸
背痛、腿疼、手麻
难道你还不觉？
难道你还不知你是漫长时间
唯一幸存下来的人
你光洁的额头
稍施胭脂的脸颊、俊俏的小脸
樱桃般的小口
你如此温柔、恬静，和我妹妹
没有什么两样，起来吧，你。

2022.6.6

唉
——题西周碳化高粱

作为一个城里孩子
我到现在也分不清高粱、麦子
稻子……所谓五谷不分
确实我也四体不勤，除了动动
手指头在键盘上
吾不如老农
吾亦不如老圃
对着一瓶西周碳化高粱
吾不如考古专家
究竟我能什么
会什么？唉，我只用文字
解读我的世界

2022.6.7

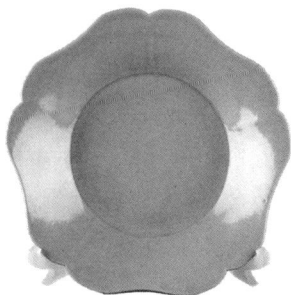

秘色
——题秘色瓷五曲花口盘

都在想着为皇帝制造
旷世精品，想到唯有皇帝才能享用
的颜色，故为秘色。秘密中的秘密
寻常人不得见
其实皇帝也不得见，有多少皇帝
短命，一生所见，唯有太监
和大臣。普天之下的王土
都在他的皇宫外，率土之臣
都在他的朝廷上
那些
特为他发明的吃的用的譬如
秘色瓷五曲花口盘，他可能
根本没见过

2022.6.7

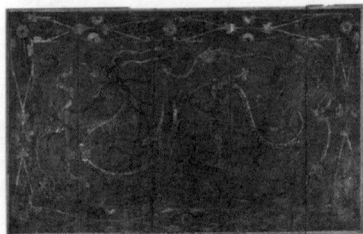

极致
——题《四神云气图》

我看过关于
这幅壁画的介绍，极尽详细
和神秘，每一笔、每一构图
都有象征意义
古人总是多思
绝不做无用功。龙有龙的意义
雀有雀的意义。但终归结集于
吉祥、如意
从古至今，人间所愿
莫不如是。哪怕死者
也幻想死后世界
吉祥如意，于是他把云气图
带往阴间。事实是
生者在死者居住的屋舍四壁
画满云气图
明知死者看不见，亦当尽心
尽力，画到极致

2022.6.12

彻夜难眠
——题白釉黑彩虎纹枕

死者枕过的枕头
白釉，黑彩，绘张牙舞爪虎
一只，天人菊三朵
硬邦邦的枕头，呈椭圆形
前低
后高，形制不大，好在死者
安静，不转来转去，头怎么放
就怎么躺
这一日死者云游回来
枕头已不知去向
习惯了枕头的他
自此彻夜难眠

2022.6.12

制度
——题彩绘天王俑

天王只一双拳头
如何打得了万千小鬼
除恶务尽
恶如何除得尽？
应该有一种制度抑制
恶的产生，仅仅依靠
天王的拳头
是不行的

2022.6.13

盗墓贼
——题三彩镇墓兽

我长着
一张人脸但我比人能干
我的双耳可以听见窸窣
我的双眼能看见鬼魅
我的头上有尖利的角
我的脚下有顺风的轮
谁来犯我
就是自讨苦吃，当
我主人的灵魂神游太远
我会一路追赶把它寻回
我是大名鼎鼎的镇墓兽
镇得住妖魔鬼怪却不敌
盗墓贼的脏手

2022.6.13

快走吧
——题商代饕餮纹铜鼎

最抽象的一张脸
依旧有凸出的眼珠子、笔挺
的鼻梁、翕动的鼻翼，和皱纹一般
的线条，"贪财为饕，贪食为餮"，你
即为饕餮

只有一张脸的你，睁着一双
凌厉的眼，盯视着路过的一切，扑
上去，吞下去，你有一只大得无边
的肚腹，它甚至大到一方青铜巨鼎
装不下

因此我们看到的青铜鼎
都只有一张饕餮脸，需得小心，它
正在酣睡，一旦醒来，你亦将为它
所噬，快走吧！

2022.6.19

雄鹿与母鹿

——题圭形鹿首金步摇冠饰

西晋森林里有一只雄鹿
天天顶着一头树枝走来
走去，走来走去
树枝很沉雄鹿不怕因为
它心爱的母鹿就在附近
母鹿啊母鹿
快来为我光秃的树枝装上
金色的树叶
装上树叶我就是金步摇冠饰
就能插在你的发上让你成为
全世界最美丽的母鹿

2022.11.14

道路
——题象尊

妈妈翘鼻子

我也翘鼻子，妈妈甩尾巴

我也甩尾巴，谁叫我是妈妈的孩子

妈妈大踏步走，稳稳健健地走

我不走

我就在妈妈背上站着，妈妈的道路

无边，我的道路有限，我的道路

就是妈妈的后背

我哪里也不去就在妈妈后背

妈妈去哪里

我就去哪里

2022.6.21

战争

——题虎钮铜錞于

最初以为它是铜罐

百度方知名叫錞于，一种军中乐器

常与鼓配合，用于指挥战争中进退

想起古书中经常读到击鼓而进

鸣锣收兵，确乎不曾见过錞于

不知錞于代表进，还是退

血淋淋的战场却有鼓、有锣、有錞于

仿佛战争亦是游戏

真实不虚的杀人游戏

由此观之，錞于也是见过血的凶器

战争之凶，甚于虎钮之虎，亦不可

不察

2022.6.21

他们是谁
——题大禾人面纹方鼎

丑陋。木讷。恐怖。诡异。
四个词送给大禾人面纹方鼎的
四个人面，他们被雕刻在方鼎
的东西南北向
他们究竟是四个人面，还是一个人
的四个面？他们是谁？他们
意欲何为？有说古代这里有大禾国
此鼎为大禾国礼器，有说此鼎主人
名大禾，所以此鼎名大禾
又有言此为埃及女神的中国版
言辞种种，均来自鼎内壁大禾二字
更有言此鼎用来蒸煮人头
故而外壁雕刻人面，好比我们
挂羊头、卖羊肉，此鼎刻人面
煮人头。唉
谁能驰往商代湖南宁乡找到那个
铸鼎者，一问究竟？

2022.6.21

死者的恐惧
——题 T 形帛画

对于死亡
我有难言的恐惧。我不怕死
怕不死。怕尚未死尽却被钉进
棺材、推入焚尸炉，我的恐惧
茨维塔耶娃有过
她自杀前留下的遗嘱是——

请检查一下我
别把我活埋……

今天，借着帛画，我说出了我的
恐惧，不怕你笑话，不怕不吉利
帛画覆盖在棺椁上，用以招魂
也许会有一张帛画
听到过棺椁里死而复生者的呼喊
他 / 她绝望地捶打着棺壁而黄土寂静

只有帛画

听到了这一切……

2022.6.22

辛追
——题马王堆女尸

太可怕了
他们找到我的住处了。我已经住到了
几十米深的地下，住到了棺椁中
我有四层棺椁，我的棺椁周围堆满了
木炭和白膏泥，我夫君说
这可以保证我的不腐烂
其实我已经死了，腐不腐烂又有什么
关系呢？但我的夫君爱我，他不想我
腐了烂了，他想百年后来找我、陪我
他用二十六张竹席盖住我的棺椁
以确保棺椁不渗水，他为我穿了二十件
衣服，这世上最名贵的衣服，一年四季
都需要的衣服
他把我放进防腐的红色液体里于是我
得以不朽
所谓永垂不朽我真的做到了
但我并未等来我的夫君，我不知

他遇到了什么，人死由不得自己
他想到阴间找我的念头没有得到实施
他到底死在哪里我迄今不知道
我知道的是
我被他们找到了，一层一层，先是去掉
盖住我棺椁的席子，再是去掉装着我的
棺椁，然后衣服，一件一件
直至我完全暴露出来
我这样一个死去两千多年的女人，终于
赤身裸体，暴露在他们、并最终在全世界
面前，他们叫我马王堆女尸
其实我叫辛追

2022.6.22

得乐且乐
——题砖座舞蹈人物青铜俑

有人需要鸟巢

有人需要国家

有人犹如全球警察，需要全球

我不是"有人"

我是青铜，我需要的舞台很小

小到一块砖，一块红砖

就能让我尽情尽兴寻欢

作乐。我左手持莲花，右手握拳

上举，我扭身望天，你们看到我

在笑，我看到世事无常，无常世事

为何不得过且过，得乐且乐

我仅需一块红砖，便大过你

整个世界

2022.6.22

大汉宝物
——题安息铅币

这274枚安息铅币
不远万里，来到中国，行至甘肃省
平凉市灵台县康家沟便定居下来，自然
为的购买大汉宝物，丝绸，还是茶叶？
青铜，还是瓷器？现已无可查考
这274枚安息铅币沿着丝绸之路
来到中国康家沟，便再也回不到
它的国，犹如被它买走的大汉宝物
无论丝绸还是茶叶
无论青铜还是瓷器，它们是否也在
异国他乡，找到一座坟墓隐居下来
直到被盗墓贼
或考古工作者发现，这才重见天日

2022.7.7

耻辱
——题九墨

本质上
文字应该比墨保存得更久
墨磨完了也就磨完了
一块墨一生的梦想就是
献出自己生命的每一滴
成就一篇伟大的诗文
我还记得那一日
我的兄弟在生命的最后一刻
用尽最后一口气、最后一个
微笑，告诉我:《史记》已成
此生足矣!
对于我们墨氏家族
谁的墨写出什么，什么就是
谁的作品。我无限羡慕地看着
我的兄弟，我知道
他说的是事实

犹如女娲炼石补天
用不掉的最后一块，我是
墨氏家族无用的一块，我矗立
在博物馆里没有写下一部
传世之作我自己活了下来
这是我的耻辱！

2022.7.8

何谓博戏
——题彩绘木雕博戏俑

再形象
再逼真的艺术品也只是艺术品
譬如这两个老头，他们被从木头中
请出，面对面坐着，一个细黑眼睛
如斗，一个耷拉眼睛如沮丧。他们
在玩一种游戏
一种称之为博戏的游戏。一个伸出
右手，拇指与食指间夹着一块木板
一个摊开手掌，两人嘴唇紧闭貌似
无语，两人神情紧张看上去博戏
已进入决胜阶段
究竟何谓博戏我百思不得其解
百度也未详细告知。一种战国
流行到汉代的游戏至今早已无存
谁猜得出博戏的玩法
如果这俩老头不是艺术品而是真人
一切就都迎刃而解！

2022.7.8

不快乐
——题彩绘木鸡栖架

三只鸡蹲伏于木架上
一雄二雌，雄居中，雌左右
三只鸡面无表情，脑壳低垂
显然不快乐
是啊，谁也不愿千秋万代死守着
一块木板。三只命中注定的鸡
和它们动弹不得的姿势一经木匠
之手雕刻便永生不得移动
雄鸡不得亲近雌鸡
雌鸡不得亲近雄鸡
如此残酷的设置使三只鸡郁闷不止
活着已是痛苦

2022.7.8

归属
——题 "杜宝" 玉印

这世界并非只有一人叫杜宝
所以这枚印也可归属其他人
何况拥有此印的杜宝已作古
何不把它从博物馆拿出供人
使用，找到新的杜宝告诉他
我是你，你也是我

2022.7.11

两个姐姐

——题彩绘影塑供养菩萨像

菩萨姐姐
一个叫北，一个叫魏
北魏的菩萨姐姐
身材不若大唐丰腴，北魏
的菩萨姐姐，比较适合今日审美
叫北的姐姐略微倾向叫魏的姐姐
她们袅袅婷婷走来
一行走一行笑，她们的笑，微微
她们安详、自足，出自好人家

2022.7.11

凤头

——题三彩凤首壶

从凤头倒出的酒
其实是凤的血，凤如此忿忿
怒目圆睁，一脸凶相
为何要把酒壶口设计成凤头
我百思不解，也许只为好看
又或吉利？但凤被开了脑颅
你又于心何忍，依我看
酒壶就是酒壶
并无必要以凤头装饰，如果真要
装饰，不如塑个酒鬼

2022.7.12

插
——题印花绢袋

是它太过时尚还是
时间根本没有走动，一件
印花绢袋如果不在博物馆
如果不标注汉代
我会以为它就是我经常使用
的这一件

黄、黑、棕
三色绢料缝制而成的印花绢袋
此刻就在我的书架上，我用它
插笔、插花、插牛角梳，偶尔
用它
插清晨照进窗玻璃的第一缕光
插夏日攀爬到十七层楼的蝉鸣
插黄昏的凝视，和夜晚的冥想

2022.7.13

不配
——题越王勾践剑

他怎么配你
一个可以吃屎的人该有多么恶心
想想就要吐。也只有无脑夫差才
信你
信你的投降，信你鞍前马后伺候
信你吃他的屎的"忠诚"

他怎么可以如此狠心祸害人
把煮熟的种子给吴国，害吴国百姓
死于饥荒
有胆你就拿着你的剑跟夫差较量
你不是有全天下最利的剑吗
何必拿两国人民的命不当命

他不配你
越王勾践剑，你应该换个名字
叫什么都行，就是不要叫勾践

2022.8.8

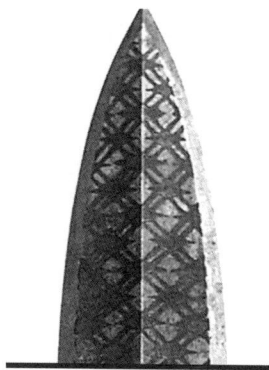

人就是人
——题郧县人头骨化石

不都是人吗
何必非得分成猿人、智人、古人
新人……如果人是猿猴进化来的，为何
今日猿猴
不再进化成人？进化论也只是
达尔文一家之言，怎么就变成真理
好比我说人不是猿猴变的
这也是我的一家之言，如果你认为
达尔文对，不也可以认为我对吗？
我看这郧县人头骨和今日人头骨
并无什么不同
人就是人，什么时间都是人！

2022.8.8

正和稳
——题冕冠

说到冕冠
脑中浮起的竟然是梁武帝一跤
跌到朝堂，人向前扑去，冕冠
骨碌碌滚出脑壳的滑稽相
那是电视连续剧《琅琊榜》
的镜头。当皇帝必须行得正
坐得稳，方能保证
头上冕冠不至跌落

2022.8.8

知识

——题亚醜钺

感谢文物

从亚醜钺我知道了，亚

在商朝是重器，商王墓修成亚

字形，也有此意。亚字在商代

具有重要意义。亚醜，亚醜

醜又指代什么，专家说

指代国家，薄姑，还是斟灌

迄今未有定论

钺可用于战场，也可用于行刑

本质都是杀戮工具。从一把钺

学到的知识，我也愿意告诉你

2022.8.9

笑和哭
——题红陶兽形壶

小兽小兽，你笑啥
我笑你们天天喝我吐出来的酒
这酒洗过我心，洗过我肺，洗过我肠

小兽小兽，你哭啥
我哭这酒天天在我的心肺肠过
我的心肺肠都要醉死了，我也
要醉死了

小兽小兽你几岁
你看我时我一岁，你不看我时我六千岁

2022.8.9

不朽
——题东平汉墓壁画

那一年在东平
明知是墓，我还是闯了进去
因为它是汉代的。汉代的死人就不是
死人？想起这些年以看文物之名闯进
的古人墓，真是罪过，欺负主人已死
千年，就这么闯了进去
可是墓壁上的汉画未死
它鲜艳的颜色未死，它绘制的红日未死
它的三足乌、它的武士剑、它饮酒下棋
歌舞宴乐的一个个人
未死——

这些不朽者
安居于墓室里，比墓主、比我们，都
活得长！

2022.8.9

倒数第一
——题汉绿釉陶厨俑

师傅，你的案板太小
撑不住你这大块头，你坐在
你的案板前，貌似在切肉其实不可能
这么小的案板怎么安置得了你的身板
我看你也只是摆摆样子罢了

其实我真有一手好本事
我切肉水平天下第一，我烹饪水平
天下第一，那个雕塑我的人他的水平
天下倒数第一，由一个倒数第一的人
雕塑我，就把我雕塑成倒数第一了

2022.8.9

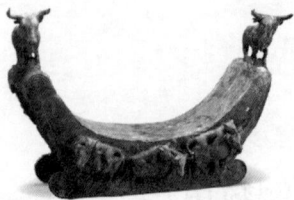

反逻辑
——题猛虎袭牛铜枕

马鞍形铜枕
我和我哥站立在翘起的两个端口
我和我哥都有凶猛的角，我们当得起
牛的称谓，都有一颗勇敢的心

马鞍形基座上，人的头枕着的地方
雕刻有三只虎扑食三只牛，光天化日
朗朗乾坤，它们就这么残忍地吞噬着
吞噬着我的兄弟
我和我哥极度愤怒，我们哞叫着
哞叫着，使出全身力气要冲下去抢救
我们的兄弟但是我们被牢牢固定在
马鞍形枕头高高翘起的两个端口
一身武艺无法施展

制造这件铜枕的太不讲理
太反逻辑，他这样设计究竟是什么意思！

2022.8.10

理想爱情
——题踞坐男俑铜勺

我爱上了长柄铜勺
和柄端踞坐的裸体男子，当它探入
我的身子，微凉的气息在我心深处
荡漾，我多么希望能抚触到裸体男子
的裸体，他冷峻而高傲，永远难以企及
我被从酒的大家庭分离出来但依然是酒
依然有澎湃的血液在涌动
涌动
从酒瓮出来的一刻我看到了我的男子
他裸体却不猥琐，他身体的比例符合
我对理想爱情的设想
我在匆匆看到他的一瞬便被倒入酒樽
一生中最绚丽的一刻就此熄灭！

2022.8.10

不说
——题八人猎虎铜扣饰

一二，起
为非作歹的虎被我们扛了起来
一二，走，回村去
向衙门领赏去，瞧瞧我们多厉害
我们不费一枪一炮，便打死了虎
这虎，已咬死孩童多名
糟蹋庄稼多亩，这虎，让村民们
流离失所，纷纷逃离。我们八人
小分队，我们八人小分队这一日
终于打死了虎
要问如何打死，虎不说
我们也不说

2022.8.10

死与不死
——题牛虎铜案

我家的书柜上
摆着一只牛虎铜案，它当然是
复制品，它弯弯上翘的尖牛角
总让我心生不适
万一不小心，跌倒撞上，撞头
头破，撞眼眼瞎。我不知古人
雕铸它，所为何故
这是一只奋力向前而不得的牛
有一只虎，死死攀住它的身
咬住它的尾，这是一只注定
要死于虎口的牛，我们的工匠心生
恻隐，又铸了一只牛犊从它的腹部
走出
你可以咬死我，你咬不死我们牛氏
家族的代代相传！

2022.8.10

乱
——题岩画

每一头牛
随身携带一对角，这是它们活下去
的资本，凭借角对抗来犯者。更多
时候，角没有用处，只安静地长在
它该在的地方
那一日我看到群牛狂乱，互相以角
决斗，斗不过的张皇失措
跑
大牛跑，小牛也跑，跑不及的
跌倒在地
究竟是谁制造了这一场血腥
与混乱，不用细看，就是人——

他一手持弓
一手握箭，尚未张弓搭箭，群牛就已
惊骇蹿蹦，你踩我我踏你，你顶我我
顶你，乱了方寸

2022.9.11

绝迹
——题黑龙江满洲龙

突然对恐龙无感

祖国处处，大江南北，貌似都有

恐龙化石，那时的恐龙就像今天

的人类，是地球的主宰

脑补一下，把今日满大街的人

置换成恐龙，该是多么恐怖

但那也是从人眼望去

科学考证

6500 万年前，地球曾是恐龙的乐园

一夕之间竟然绝迹

这是更大的恐怖，原因众说纷纭

但也只是猜测。人类何时突然绝迹

谁知道呢

2022.9.14

情侣
——题金代山水人物故事镜

设计铜镜的

一对情侣，约好了，你画上半部

我画下半部。你是男生，有建功

立业的梦想，你画官员

你要画好官，让他们下地种田

体察民之疾苦。我画鱼水

比拟爱情，水是好水

鱼是好鱼，像我这样的好水

需有你这样的好鱼

我们鱼水相见，分外亲切

说好了

画好这幅铜镜，我们就行鱼水之欢

在铜镜里，你是酣畅的鱼

我是荡漾的水

2022.9.14

王
——题王氏水牛

奇哉怪也
水牛就水牛，为何还冠之以王氏
什么意思啊，难道，水牛也有姓
这可真是有趣，可为何不姓黄
不姓江，偏偏姓王？
黑龙江博物馆的这头水牛
身长 3 米，肩高 1.8 米
头角短粗并指向后上方
瘦得只剩骨头了
死得一动不动了
却有一个很派头的姓：王

2022.9.14

像大海一样
——题耀州窑青瓷飞鱼形水盂

我是一条鱼
我把浪花背在身上。我是
一条鱼，一条可以装水，也可以
装酒的鱼，当然，你要用我装米
装空气
我也不反对
我是一条摇头摆尾的鱼，我背着
大海到处走
你把我做成容器我也很欢喜
我要像大海一样，装下一切

2022.9.15

委屈

——题青瓷虎子

真没想到
它竟然是一件溺器。太委屈了
这一只憨憨厚厚、漂漂亮亮的
小萌虎
肉墩墩的身子看到的人都想
摸一把，这么可爱的一只虎
竟然是一件溺器
它大张的口不是为了尽情呼啸
而是为了装进某个人的排泄物
呜呜呜
我们的小萌虎夜夜哭泣
你听到了吗

2022.9.15

怕与不怕
——题绿釉陶狗

小陶狗别急
小陶狗别急，我这就来写你
我知道你的同伴都被我写了
你还没有，你以为我不要你了
你知道我怕狗，你是一只神异
的狗，知道我怕狗
但我只怕会跑会叫的狗
我怕我小区的狗，会嗅我裙裾
的狗，会跟我走看我手机的狗
我不怕你
小陶狗，虽然你昂首做出狂吠
的姿势，虽然你的牙好大好猛
但你是一只小陶狗
一只陶做的狗，我不怕你

2022.9.15

马和你
——题彩釉骑马俑

岁月已把缰绳腐蚀一空
只给你留下手握的姿势

骑马的你
从哪里来，要去哪里

你现在沈阳，你现在今天
最初你在洛阳，你在唐朝

从洛阳，到沈阳
从唐代，到当代，这匹马
可真行，这么壮实的一匹马
为你所用，你真幸运

为了怕你的马把你再次带走
他们修了一座漂亮的玻璃房
这还不够

他们还建了一座博物馆，装了
全世界最牢靠的门
最先进的报警器，现在

你哪里也去不了了

2022.9.15

鹅
——题青玉双鹅带盖小盒

高 9.3 厘米

宽 3.8 厘米，如果不是简介告知

实在难以想象这么小的盒子究竟

能装什么，原来装的是针

古人太讲究了

一个针盒，居然青玉煅制，成本

也太高了。此针盒本身亦是一件

艺术品

盒身雕有同向交颈并卧的两只鹅

鹅头鹅尾各有一小孔

当针从孔洞插入时，我听到了

两只鹅发出的痛苦尖叫——

噩噩噩！

2022.9.16

老虎的眼泪
——题覆叶琥珀饰

科学未出现时
人们认为，琥珀是老虎死后的惊魂
入地所化，另有一说
琥珀是"老虎的眼泪"，科学出现后
科学家给出琥珀身世的答案
琥珀是松柏科植物的树脂
经地质作用而形成的有机混合物
科学就是这样无趣
冷冰冰，使一桩桩浪漫的传说
变成刻板的认定。手握覆叶琥珀
我更希望它是老虎的眼泪
为秋天的落叶而落
无情如虎，亦有感时伤怀之叹

2022.9.16

绝望
——题玉猪

握着一头玉猪下地府
可击打贪婪抢劫的小鬼
可贿赂索要钱财的阎王
一头玉猪，憨态可掬，鼓凸凸的
嘴唇像撒娇，又似生气，一头
玉猪
被从阳间转入阴间，自此再也
见不到同伴，见不到
花红柳绿、春光明媚。一头玉猪
被死者握在手上死者何曾有能力
握住它，很快它就将从死者手中
逃脱，在黑暗地府里
它的绝望将大于死亡

2022.9.22

三只手
——题青铜太阳轮

有说太阳
有说车轮，要我说，这是外星人
驾驶宇宙飞船飞临地球的方向盘
为何盘里有五根芒
那是因为
外星人有三只手！

2022.10.11

梦想
——题金杖

金皮包裹木头做成
的王杖，木头早已腐烂，王也无存
金皮上的鸟啊鱼啊，依然被一根箭
穿着，它们挣扎在箭上不知多少年
它们上天入海的梦想
从它们诞生的那刻起
就注定无法实现

2022.10.11

像与不像
——题金面罩

鼻子有点大，像我
眼睛也大，不像我
嘴唇抿出一道横线
像我，耳朵又宽又长
不像我，这个金面罩虽然只是
面罩，却自带一种威严
金光闪闪，透着冷和酷
不像我

2022.10.11

吃酒与写诗
——题菊瓣形青釉碗

我问你收到诗集没有
你说你在吃酒，用的菊瓣形青釉碗
你这家伙，写诗不在话下，信手来
吃酒也如此豪奢用的菊瓣形青釉碗
酒是土酒
无论何种档次的碗都不能改变酒的
本质，你也是平头百姓一个
你说你用菊瓣形青釉碗吃酒
我知你醉了，说的全是胡话
好吧满强同学
待你酒醒，别忘了去取我的快递
它已到平凉静宁你的单位
签收人：门卫

2022.11.14

后记

安琪

2022年5月10日，本书出发的日子。

那天，女诗人冰洁微信发来一幅文物图，我知道她又在为满洲里市草原丝路珍品陈列馆的文物们征集配诗了。该项征诗活动起于2020年，冰洁说，馆长王彦利先生有文学情怀，诚邀诗人们为馆藏文物配诗，希望我能支持。我说可以的，写文物也是一件有意义的事，只要你给文物，我就配。就这样配了十来首。话说那天，我如往常一样迅速在手机上写好诗发给冰洁，就是本书开篇这首《炯炯之眼——题牡丹纹三彩鸡冠壶》，然后就百无聊赖起来，不知再写什么。我对冰洁说，你再发我几张文物，我继续配。冰洁说，馆长每次只给一两件，下次再来好吗？鉴于之前每次配诗我都是信手拈来，我觉得我对文物还是很能找到感觉的，于是突发奇想，为何不自己寻找文物来配呢？主意一定，立即行动。

我先从国家博物馆找起。百度出国博网站，到上面寻找藏品，开始"对图说诗话"了。当然也不是每件文物都有话说，找不到切入口的，就只好放弃。总体上还是比较顺利，5月11日配了四首，之后便按照每天四首的速度推进，不敢多配，怕灵感用伤用尽。国博配完了找首博（首都博物馆），之后陕西、福建、山西、河北、河南、山东、湖南、湖北、四川……一个省一个省博物馆地走。那真是一段快乐的旅程，行走在古中国，注视文物、解密文物，把自己对人生的理解施加于文物，再形成诗篇。时常觉得自己就是文物本身，深埋于时间腹地，有着重见天日的迫切期待，一旦被挖掘出来，便按捺不住表达的冲动。写文物诗，于我，是一次"知其所以然"的学习。文物诗的写作，让我得以深入文物内部，了解它的年代、作用、制造工艺、墓主人的相关掌故，等等，这是一次近距离的文化启蒙，让我长了知识和见识。因为写作文物诗，我知道了很多之前不知道的文物，萌生了对很多地方的向往，譬如"里耶"就是我想去的地方，这里有"秦简"。因为写文物，我也对中国历史的很多时段发生了兴趣，譬如"独孤信多面体煤精组印"所存在的时代魏晋南北朝，这一段中国历史上政权更迭最频繁的时期，今后我要找书来读。

中国历史悠久，文明未曾断绝，所留下的文物极其丰富，这是我们的光荣和骄傲。无论实物，还是遗址，广袤大地，中华文物总能激发每一个中国人的爱国热情和历史自豪感。对文物的热爱和探究一直是我的兴趣所在，每到一地，我总会争取时间打车到当地博物馆参观、体悟，虽不知其妙，但置身璀璨的文明遗存中，也有心灵的安静和默契。让文物说话，把文物搬上诗的版图，是我回报热爱和探究的一次努力。借助诗的形式激活传统，衔接当代，这是我的心愿。我希望我对文物的诗作能够让读者抚触到文物，文字也是有现场感的。

感谢对外经贸大学中文学院教授胡少卿先生为本书作序，感谢他读到了文物诗中的"现代人文价值观：对个体的尊重，对自由的向往，对日常生活的推崇，对历史中陈腐因素的唾弃"。

感谢如下刊物刊登文物诗：《椰城》《星星》《天津文学》《福建文学》《上海诗人》《浙江诗人》《北方文学》《葫芦河》《老司城》《芙蓉锦江》《五台山》《厦门文学》《扬子江诗刊》《红豆》《长江丛刊》。

感谢"新时代诗库"纳入《时间的证据》。"新时代诗库"是中国言实出版社联手中国作家协会《诗刊》社重点打造的诗歌出版品牌，由吉狄马加、李少君、王冰、霍俊明、陈先发、胡弦、杨庆祥组成编委会，李少君任主编，旨在推出有新时代意象和美学风范的主题性诗歌创作成果，《时间的证据》能置身其中，我深感荣幸。

感谢中国言实出版社，《北漂诗篇》的娘家。

2024 年 4 月 4 日于北京